U0782723

余峰诗歌选

宝剑与梅花

余 峰／著

山西出版传媒集团 北岳文艺出版社

·太原·

图书在版编目（CIP）数据

宝剑与梅花／余峰著 . -- 太原：北岳文艺出版社，

2025. 6. -- ISBN　978-7-5378-7126-6

Ⅰ . I227

中国国家版本馆 CIP 数据核字第 202521TU24 号

宝剑与梅花

BAOJIAN YU MEIHUA

余　峰／著

出品人 董利斌	出版发行：山西出版传媒集团·北岳文艺出版社 地址：山西省太原市并州南路 57 号　邮编：030012 电话：0351-5628696（发行部）　0351-5628688（总编室）
项目统筹 刘文飞	传真：0351-5628680 经销商：新华书店 印刷装订：四川科德彩色数码科技有限公司
责任编辑 范　戈	成品尺寸：145 mm×210 mm 字数：115 千 印张：5
装帧设计 书香力扬	版次：2025 年 6 月第 1 版 印次：2025 年 6 月四川第 1 次印刷 书号：ISBN　978-7-5378-7126-6 定价：52. 00 元
印装监制 郭　勇	本书版权为本社独家所有，未经本社同意不得转载、摘编或复制

余峰的诗：在地行走和高蹈飞扬

孙昌建

一

余峰和余峰的诗，让我产生一个类比联想，假如说富阳诗坛是一支足球队的话，那我以为苏波应该是守门员，蒋立波则司职前卫，跑动范围是很大的，而余峰应该是去打前锋，那是要冲在前面去攻城拔寨的。

不过很多时候，"应该"只是我的一种主观愿望，它和现实是有一定距离的，但这不妨碍我首先从地域的角度去进入余峰诗歌的阅读，即从富春江和当代诗歌之关系的角度去阅读和梳理。虽然我也知道，这样的圈子界定对于余峰是不是太小了？但是你又不可否认，一个诗人三个帮，诗友之间的相互影响和刺激，也是一种写作的源动力。

我提到的苏波、蒋立波和余峰这三位诗人，目前都生活在富阳。就我所了解的富阳诗坛来说，富阳的诗人中，要组一支"球队"，上场 11 人或报名 22 人，那是没有问题的。这一般可以解释为基础雄厚，又有领军人物，而且领军人物也的确做出了表率和引领作用，如苏波和蒋立波。正如到了富阳，我们总会提到黄公望或郁达夫，提到李杭育或麦家。要提富阳的当代诗歌，苏波和蒋立波这"两个波"是绕不过去的，而现在我们要谈论的是余峰。

二

从《白月季》开始的阅读，是愉悦的，是青春的，是可以一咏三叹的，所以句子也是偏长的那种，就像江南的雨季，雨丝仿佛也会拉得很长很长。我不敢肯定这些是不是爱情诗，但可以肯定，一个诗人一开始总是像拥有爱情一样写诗。所以诗中的那个你，无论是姑娘还是兄弟，抑或是一个完全虚拟的你，都得承受诗人语言的反复射击，无论是点射还是扫射，都是火力全开的，虽然这里面可能也有被"误伤"的。作为读者或者说作为欣赏者，有时想更多地进入诗歌的内部或者花絮。这部诗集的前九首作品，给了我这样的可能。这些诗有一点点海子的气息，或者说早期写作必然会有的那种气息，直到《节制》的出现，那最后三句让我玩味再三：

我手中三个蜜橘
两个已经分给了你
最后把仅有的一个也给了你

三

细读余峰这部诗集中的诗，我发现有三分之一的作品是属于在地行走的，即跟富春江的地理和人文是有关系的。这首先会产生一种相关的亲近感，正如你品尝了富春江的江鲜和土菜，所以读到诸如《黄公望的隐居地》《路过郁达夫故居》《在安顶山》《临江书房里的随想》《车过中埠大桥——与殷龙龙去富阳龙门的路上》《小隐山，无法确定的地址》这样的诗篇时，我会多读几遍的。正如我看中外诗人写西湖的诗歌，我很想找一些与众不同之处，因为阅读总是有期待感的，虽然这很难。

　　这也正如我们去采风，也是要写在地的诸如此类内容的，只不过我们可能是被迫而余峰则是自觉或较为自觉地写。

　　诗歌的在地属性，在今天已经越来越为人关注。因为当今的世界，实在千篇一律，千人一腔，因此也就有可能是千诗一面。所以在地的那一种小，你那个小村子的小，尚有可能产生一点点大，正如余峰所写的《小隐山，无法确定的地址》。小隐山是富阳的一座山，就在公路边上，史载也是有些故事的。在我看来，它的小和隐，才是这座山的特点。但关键是由山及人，由小隐山，作者想到了自己：

　　　　至今，我也无法判定小隐山

　　　　到底是亚林所还是小垄桥对面的山坡？

　　　　抑或是小花坞？

　　　　正如自己，教书匠？写诗的？

　　　　我无数次地追问自己，哪个

　　　　更贴近生命的本质？

　　　　地址、身份、生命的意义。至今

　　　　我也无法确定

　　　　只有，窗口传来了迟桂花的香味儿依旧

　　很可能，因为我前几年也去过小隐山，我去了之后也的确没法确定其"地址"，但是去和没去过还是不一样的，因为去过就放心，甚至就死心了。由此想到我们在地的一些人文景点，有不少其实也是无法确定的，更有不少是杜撰出来的，或张冠李戴，或移花接木。我以为按诗人的质疑精神，有不少人文景点都是可疑乃至无法确定的。

或者换句话说，本来小隐山的特点是隐，但是我们却老想着它的显，所以总是失望而归。正如寻桃花源而不得，殊不知桃花源只存在于书籍上，小隐山也只在诗歌中方有魅力。

但更多的地方是可以确定的，这对诗人来说，可能会带来更大的考验，因为一种是无中生有，如《小隐山，无法确定的地址》；一种是要有中生无，如《路过郁达夫故居》：

我无心打扰你的宁静
正如我一次次路过你家门口，轻轻
走开一样，我的沉沦在一阵春风中变得柔软
掏尽黄沙的江心，嵌入江南的匮乏

这蹩脚的抒情，永远也无法理解
我的苦闷，一枚带血的樱花停落在你的肩上
这滴落在江南的一滴墨水
是否早已驻进了你赞美的嘴唇？

对岸的烟囱吞吐着后工业时代的废墟
那些被吹大的数据也买不下，一个
遥远的苏门答腊岛，无数的
灯蛾埋葬在这片灰烬之中

从写作时间看，这是写于 2014 年的诗作，短短的十二行，是我读到过的写郁达夫最好的诗歌之一。该诗不仅有"掏尽黄沙的江心，嵌入江南的匮乏"这一类金句，更具杀伤力的是"那些被吹大的数据也买不下，一个遥远的苏门答腊岛"，这真的是读来要滴血的诗句，不仅让人想到烈士之死，更是对这个现实时代的拷问和批判。

　　而且我也以为只有余峰才敢写和会写这样的诗，才会有这样的表达。

　　所以当我读到这样"路过"的诗句，我也心生好奇，余峰在这十年前就写出如此刺痛人心的诗句，怎么到现在反而不太"刺痛"了？我在这里要说的是，他的一些诗，还有一些属于语句方面不太平衡的问题，这也正如一个人的球技，哪怕他是著名球星，也会有让人不太满意的时候。

　　这本诗集中除写郁达夫之外，还有两首是跟黄公望有关的，写作时间分别是 2012 年和 2017 年。我以为第二首明显要好于第一首，因为第一首的最后出现了"姐姐"这个意象，还出现了"西施"，这总是感觉略有点儿突兀了。正如两首诗中都出现了一个叫"美学"的词，我以为诗中一出现这样抽象的词，就会有点儿麻烦了，虽然这也不是绝对的。因为我以为我们和黄公望的关系，实际上是我们和山水和古代艺术的关系。我也注意到诗人翟永明也写过黄公望和富春山水，那可能是翟式的表述，而余峰应该有余式的表达，这也是我在期待的。

　　我以为余峰的在地写作，并不是要表现宏大主题，比如他的《黄公望纪念馆边的湖》，不知他是不是从王羲之和鹅的故事中得到了启发，他的最后四句写的是一群麻鸭：

一群麻鸭正踱着方步，摇摇摆摆
又显得十分笨拙
向精灵泉，向自己的饮水盆
弯下身去畅饮这生命之水

在这批诗歌中，写安顶山茶叶的有两首，可能也是采风之作。如果单纯写茶叶，这两首诗应该说品质是不错的，这也正如安顶的高山茶。但是我们又想要一点点题外之意，当读到最后一句"好的茶，必定出现在更高处"时，戛然而止却仍意犹未尽。

余峰的在地诗歌，有一些是走出去的内容。这里既有一些著名的景点，也有他自己的所选之地。这些当然都是诗歌写作的源流之一，从中也可以看出一名教师的生活日常。这其中不乏一些高质量的诗篇，但也有一些只是一种完成。正如一场球九十分钟结束，最后可能是零比零的结局。你不能说这样的结局没有意义，这可能就是我们的日常生活和写作，没有惊喜，只有平静，而诗歌就是平静的产物。

四

除了在地写作，余峰的诗歌中更多的更可贵的还是另一种特性，那就是高蹈飞扬。这个其实不是指题材和内容，而是一种内在的精神，这也包括了我前面提到的他的那一首《路过郁达夫故居》。

这样的诗歌，正如他作诗集名的那一首《宝剑与梅花》。这是我读到过的余峰诗歌中较早的一首，而且在某个场合，也可能是在电脑上，我是作过点评的。这首诗才八行，相当简洁和干净，甚至有一点点惊为天人，我指的是他那种结构语句的方式，且看：

　　坐钢索缆车，固然可以一览山峦
　　甚至水面上的一千多个岛屿
　　若是徒步上山，沿途只能望见人的背影
　　又或者听松针尖利的低语

　　未曾出鞘的宝剑，固然可以当艺术品
　　甚至拔剑相问也只是游戏而已
　　想起身边的人，曾经见过的忧伤的湖水
　　西山已经开满梅花了

　　如果照一般诗论者的观点，这样的结构方式那是要大大避免的。如果我们用缩略的方式，便可以找出这首诗第一节当中的那些连词：固然……甚至……若是……或者，第二节的结构方式基本相同：固然……甚至……曾经。这样的结构方式看似并没有多少新奇，但是新奇的是"宝剑与梅花"这两个意象竟然是这样一种呈现。因为光是看这首诗的题目，你以为写的是这两者之间的关系，想象不出会是这样的诗句。当然我在之前也提到一个问题，即这首诗的最后两句，让我想起了张枣的名句，因为这一句太有名了：

　　想起一生中后悔的事
　　梅花便落满了南山

　　不管余峰有没有受张枣的影响，这并不重要，但我是将它视作一种向经典致敬的方式。只是说如果要再进一步，余峰是可能而且能够写出一批这样的作品的。

关键的是，所谓高蹈飞扬，并不是从形而上到形而上，而是从形而下到形而上的攀升。余峰善于从日常中发现、剔除和沉淀，这可以这首《双十一》为例：

> 时间到这个节点了
> 你说"1"，从 1 开始可以复制出这么多
> 该买吗？似乎欲望被囚禁在天上的花园里
> 拉动内需吗？我没有这么大的能量
>
> 我更关心像 1 这样的光棍
> 一个跟另一个可以创造出更多个
> 一个爱上另一个可以有更多爱
> 最初，我们都是从 1 开始

对于"双十一"这样有中国特色的"节日"，诗人有这样的思考，也许这还谈不上是一首特别成功的作品，但是我觉得诗人首先要敢写，其次才是善写。

综观整部诗集，我以为余峰对于外国经典诗人作品的阅读，是他的另一个诗歌创作来源，如《沃尔科特的白鹭》：

> 这个夏天我重新观赏起这只白鹭来
> 时断时续地阅读沃尔科特的诗
> 一种跟我的血液和气质十分吻合的物种
> 像某天早晨路上看到的一幕
> 一只松鼠跳跃着，从高悬在路面上空

的电线上倏忽而过
如一道出轨的电流一样，连接南极和北极
正极和负极
我有必要停下来欣喜地观察这一瞬

这样的诗作，还有那一首已具著名意象的《送信的人走了——
纪念诗人扎加耶夫斯基》：

那次南方的国际诗歌节，你
给我们带来了一封亲手写给世界的信
信里否定山水，否定意境，否定自我
更是一种对伪的辨认
一个生于奥斯威辛集中营的婴儿，带着
半张光明的脸，写下另一半
与黑暗中用坚毅目光对视的深渊

电冰箱上，是人们誊写的《尝试赞美这
残缺的世界》，如一部《安慰书》，熨合
一颗又一颗破碎的心
国际诗歌日的晚上，我
正在读奥登的一首《葬礼的蓝调》
仿佛这死亡也会因诗歌而变得心有灵犀
给我们送信的人走了
"这里虽有痛苦，但平静总能不断地降临。
这里有鄙视，但博爱的钟声迟早总会敲响。
这里也有绝望，但慰藉的到来同样势不可挡。"

你走的翌日凌晨，我像个拖欠作业的
孩子，趴在床上品尝隐藏绝望的欢乐
并要你送给绝望一封欢乐的信

我以为这是比从黄公望那里还要让人有所收获的一种营养，而这种阅读和吸收，就是跟同道好友的分享是分不开的。这正如富春江对诗人的滋养，那是自然而然的，不是刻意的，尤其是血脉基因中的那一种传承，有可能还是芜杂的。

五

余峰的诗还有一个特点，或者说他没有多数写作者的毛病，这个毛病就是拖泥带水而又语焉不详，庞杂丰富而杂乱无章。这也正如高级的短篇写作者非要证明自己能写长篇似的。当然我这样表述，只是指出一种现象，即诗歌写作的散文化倾向。

余峰的诗大多在二十行之内。正如我以上所举的那些例诗，它们单纯干净，意象集中，基本是克制的冷抒情，不铺陈和展开，所以余峰的诗基本上是冷的，冷峻冷冽。这好像跟我们认识的富春山水还是不一样的，有可能吧。正如我前面所说的，他更多吸收的还是外国现当代诗歌的营养。我所说的高蹈飞扬，并不是指他在天空的飞翔，而是指他在大地上的跋涉。

事实上这可能是诗人的个性所决定的。我以为那些短诗，诗句不多，但气势颇大，而且这也是诗人的刻意为之，如《终于赞美过秋天》《大风·江南》。这可以他写给诗人殷龙龙的那首《车过中埠大桥——与殷龙龙去富阳龙门的路上》中的一节为例：

我开着车，载你去一个叫龙门的地方
你写过龙诗，你的名字里有龙
应该是过江的猛龙，可却平静如水
车过中埠大桥，我分明看见你手上的指环
安静地抚摸过你的创痛，十字一闪

我惊叹于这最后的"十字一闪"，这胜过千言万语。他用看似收的方式，释放了好多无言的东西出来。这个大特写的镜头就恰到好处。

这样的例子在这部诗集尚有不少，如他的《婚姻》一诗。

最后，要说一说大约可以跟他职业有关的一首诗《一只闯进教室里的胡蜂》。这样的诗极少极少，可以看出他的自控，但就是这样一首，我以为还是颇为出色的。因为他以一只突然造访教室的胡蜂，写出了当下教育的一种状况。这种状况千言万语也说不完，那就用诗歌来说吧。这是诗人的一种自觉，也是一种自控：

下午，一只小拇指大小的
胡蜂突然闯进教室
它打乱了原本的课堂节奏
和秩序
开始，它到处乱窜，我担心起来
学生们惊恐着，飞到
自己跟前迅疾闪躲
突然到访的闯入者
发出极低振翅的声音

像一种极不和谐的朗读
显然，它在寻找着自己的出口
不断地辨认周围，找寻着
家园的踪迹
有学生出于自我防护
意识，用手中的书拍打着
这时，我的心更担忧了
希望，有一扇窗为它打开

所以，这篇小序写到最后，我要借胡蜂这个意象，更是借这本《宝剑与梅花》提出一个问题：余峰的诗歌之窗是不是打开了呢？

2024 年 9 月 30 日

目 录
CONTENTS

白月季

别在我紧闭的眼睑上再栽种
骄傲的玫瑰，孪生姐妹
我需要的不是如此虚幻的花朵
因为我早已触摸到自行车生锈的轮辐
在铁器边缘练习生存的根须

你跟我坐在站牌下谈论着诗歌和死亡
在死的阴影中，死一次就够了
你习惯于攀爬，习惯于沉默
用你的美搭建起比美更高的建筑
把你的窗一推就变成了天上的花园

白月季，当我喊出它的名并把它亲吻
柔软的它会在土中直奔我来
穿过那条窄缝，带着一颗沉静的心

轻轻地，轻轻地来到我最后的眠床
用祝福装扮我最后的嘴唇

2015-9-9

后花园的春天

枯死败落的野草印在青春这张脸上
听不见圣歌，似一只迷路的羔羊
走在无边的旷野上，等待着死亡
捧起我们的花园，埋葬吧
泥土覆盖的灵魂都在歌唱

但丁的贝阿特丽采再次相会
华丽的衣服下藏着一首永恒的赞美诗
——爱你胜过爱自己
魔鬼一次次地轻抚过我的灵
蛇和果子再一次显现眼前
用不死的火焰、爱的火焰
照亮通往炼狱的路

在这秘密的后花园中

在这个春天的后花园里
我甘愿做一株谦卑的小草
聆听这来自天上的声音

2013-3-1

在眼前的时光中

每个夜晚我都在仰视他
我的心啊！为何这般忧闷
虽然眼前的时光是如此的欢愉
可是，可是我还是觉得不仅仅是这些啊！
我的父啊！生我并养育着我的父啊！
除了你，谁还可以给我爱的权利和力量

在过去每一个不平静的夜晚
在过去一大块一大块青春掉落面前
我见过更多的是她们虚假或者是真诚的面孔
现在我只想一个人静静地、静静地待在这里
可爱的姑娘，我想给你的不单单是这些
更多的是爱是良善是祝福
是对未知世界的遥遥相望

2006-5-31

献诗

——致伦琴

九月的山村比闪电更疼痛
一个孤独、贫困、忧郁的少年
双手捧着一把把碎银给了他母亲
孤独吧！继续孤独
他在孤独中找到了人的骨头和内心
贫困算什么，没有上帝种出的粮食
这躯壳里还是空荡荡的
骨头会说话，心会说话
说吧！说出这个时代的疾病
说吧！说出我俩的爱恨情仇
比起你惊艳的容貌来
我更爱你内心里的一方泥土
在你的泥土里我可以种下万顷作物
伦琴，你是我的骨头和心肝

2006-9-6

十四行：给 XF

幸福，今夜我躲在你的身后给你写诗
那些不曾寄出过的信笺，写满我的整个春天
别人的春天是播种，我的春天难道就仅仅是死亡

是否将整个太平洋的忧伤填满我的胸口
那些苦涩的海水，那些奔腾不息的浪花
即使你是最专制的帝王
也不能阻止我开口歌唱，也不能阻止我自由飞翔

你是幸福旷野中的一只小鹿
我甚至不愿有一点点的惊扰，怕你就此消失
你是整个冬季乃至整个生命年轮对我的馈赠
在幸福旷野上，感谢时光中照耀我的那些光
那些爱过的还有来不及爱的姐妹们

你们就是上帝安排在我身边的众女神

你们给了我思想的羽翅，给了我自由高贵的吟唱

2006-2-25

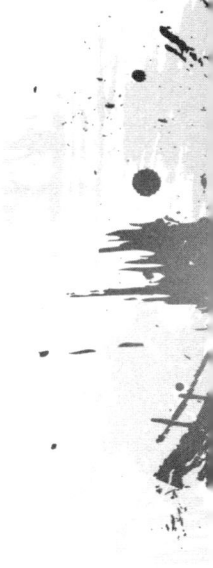

山村的夜晚

玫瑰醒来，玫瑰醒来

我枕着群山和毛竹向你呼唤

所有的风都向你吹

所有的光都向你聚拢

所有的雨滴都是贝多芬手中的黑白键

当群山和天空碰撞也变得感动

当命运之手拿起闪电刺穿大雾

我这才明白自己对你的无知和幼稚

我这才终于可以脱去虚伪的外壳而进入真理

当浮士德的灵魂依然保持着良善

我说：这才是我们的命运，我们必将在天堂相会

山村的白月光，这一晚我将为你彻夜不眠

趁人类的耳朵还未失聪之时

我将为你背上闪电的荣耀并把你追赶

白月光，白发少年。这对太阳的孪生子
在通往太阳的路上你们必将胜利
因为你们背负起了人类的最后使命
我也必将将这人类的最后一粒麦子种下

2006-9-27

乡村

你是我失散多年的兄弟
而若干年以后我们又重逢在这片绿色的火焰之中
我深知我们燃烧的不仅仅是火焰和火焰一样的热情
作为一个乡村的歌手
作为一个理想的抒情诗人
为了和你在一起，我必将为你坐地为牢

2006-10-13

随时间而来的……

为什么乐音会这样稀少
无聊之声却不断来亵渎我
为什么有时会被吸进去又吐出来的烟雾缠绕
青春，还有梦想
我能够做的又是什么
天空这样的蓝，动物们这样的悠闲
因为他们保持着一份对大地和上帝的满足感
必须要坚定自己的信念
尽管远方只是一个虚无的地名
尽管与日俱增的孤独感在身上一层又一层地叠加
但我深知高尚的行为使我如锡安山一般毫不动摇

2006-11-5

在哪里才是我的故乡

我是一只爱猜疑、爱思考的雨燕
为了寻找我最后的故乡
我不得不俯下身来倾听一条蚯蚓的述说

那些围困鸟巢的丝网撒满了我消失的故乡
哀伤和悲痛布满我的全身
凌乱的羽毛上演绎着一出出爱的独角戏
灵堂上方放置着我外祖母的像
虽然近在咫尺，但他们却拒我千里之外
拒绝我这只失魂落魄的雨燕
拒绝我这个与人类格格不入的雨燕

我在丢失的地图上仔细打量
我在写满道德伦理的书上细细翻阅
可是再怎么努力也是徒劳一场

层峦叠嶂，云蒸霞蔚
我看见一条条蚯蚓也开始背诵羊皮卷
一群雨燕也穿上华丽的燕尾服恭迎着神圣的女神
带着最后的忏悔走在通往天堂的路上

2014-4-22

黄公望的隐居地

你与我的相遇在某个深秋的夜晚
一峰的皮囊里带着几个世纪的美学
一切的山水美景此刻显得微不足道
卷轴开启尘封千年的神话
公望的墨水打翻在地
只有江面升起的灯火似你的明眸
西施的神灵走出画卷

在这里没有烦恼
有的只是相互的安慰和倾诉
我说，叫你什么好
你说，就叫姐姐
——姐姐，多好的称呼

人生的列车就是一场相遇与分别

2012-12-23

最初的和最终的

最初我怀疑你，质询你
甚至把你给的启示搁置在一个角落里
你没有放弃我，谆谆教导我
最终我看见你的
微笑，微笑这么甜美

最初我认为你是痛苦的
痛苦，比起你的苦难又算得了什么
最终我还是感受到你脸上的喜乐
因为我这里有伤，被你医治

最初我认为你的国在天上
我需要抬起高贵的头颅，对你仰望
你说的每一句密语都滋养了我
最终我看见人群中的那个你

宝剑与梅花

你的光就在这里，将你照耀

2013-1-23

节制

以前我总有这样那样的欲望
欲望就像一把手枪一次次把我击中
现在就不同了
我内心里满满的，驻着你
当我面对一个垂暮之年的老人
我手中三个蜜橘
两个已经分给了你
最后把仅有的一个也给了你

2013-3-1

无止境的书写

我的眼前是一片浩渺的烟波
正如我消失的故乡一样
若隐若现，亦真亦幻
每一张面孔都应该有一种称呼
每一种微笑都应该有一个熟悉的名字

犁铧翻垦过沉睡的稻田
千鸟飞尽，流光溢彩
死亡的恐惧已唤出光彩
没有深入死荫的幽谷怎么会有天使的欢歌
"他不在这里，已经复活了！"

尽管他没有尽头
尽管他是一支虚无的乐章
尽管有时候他的意义大于他本身

但他本身就是一首诗

我今生的使命就是完成他的书写

2013－3－19

春天，心向北方

那个季节我们可以彼此相望
甚至雨水打湿夜晚的黑玫瑰
我们也要拼命踮起脚尖朗诵昂贵的诗篇

那个季节使我一段时间惧怕黑夜的来临
我们漫无目的地谈论诗歌中的王子
以及，北方母亲所生的七个孩子

王子，你的光芒总是照在别人的世界
我却只能这样把你一点一点地拾起

当第二十六片阳光和我挥手道别时
我相信春天只是暂时的天堂
就让我做你暂时的情人

2006-4-15

灵感

昨晚
一道白色的利剑从天空直插下来
一批马儿呼啸而至
墨黑色的马匹狂奔不已
马蹄拍打着我的心脏
内心里的火车在奔腾，在澎湃
一个久违的世界
一个全新的世界将至
旋即，一些碎片翩然而至

2013-4-15

访鲁迅故居

坐乌篷船穿过一条泛黑的溪河
在河水的深渊里打捞着另一轮金黄的圆月
仿佛颓圮的百草园种植的不是百草
而是，整个世界的救命鸦片

你头发短而坚挺的样子
还有那只锈迹斑斑的镊子
你的一生都在寻找着
医生？作家？还是鸦片的吸食者？
当油墨的文字成为匕首刺向敌人之时
一个身披旗帜的斗士轰然倒下
然而，群星从此有了闪耀的理由

你的故乡只有川流不息的人流
你的文章在课文里随时代发展做了适当的调整

你的小说里所写的人物却复活了
长势高过荒原里的野草

2013-10-8

孤岛

有如众矢之的的初冬
万人都向我聚拢

汲水的中央高过一棵树的枝蔓
如一顶顶自由的华盖

唯有我将之高高举起
数不尽的清澈，开不出花的果

穿过灵魂的枝条，抖落一身的颤抖
带着不可抗拒的声音嘶哑

现在我终于可以手握一管清脆的鹅毛笔
向湛蓝的天空致敬

2013-12-2

路过郁达夫故居

我无心打扰你的宁静

正如我一次次路过你家门口，轻轻

走开一样，我的沉沦在一阵春风中变得柔软

掏尽黄沙的江心，嵌入江南的匮乏

这蹩脚的抒情，永远也无法理解

我的苦闷，一枚带血的樱花停落在你的肩上

这滴落在江南的一滴墨水

是否早已驻进了你赞美的嘴唇？

对岸的烟囱吞吐着后工业时代的废墟

那些被吹大的数据也买不下，一个

遥远的苏门答腊岛，无数的

灯蛾埋葬在这片灰烬之中

2014-3-25

写一首关于母亲的诗

母亲的咳嗽声在半夜里响起
这现代的机器，在三十年前的病根前
一次又一次地失效
正如，省城里交通拥堵的顽疾一样
再多的高架和地铁，也缓解不了

公路上，植物不停地摩擦车窗
反光镜在告别两座城市的双手
背后传来的咳嗽声，仿佛在刺痛所有的生存法则
劳碌、勤俭这些日常的词语
如果没有，那又会怎样？

母亲，一个农村长大的地道农妇
以德报怨，注定成为母亲一生的注脚
但咳嗽病却不因此而消散

注定有病根的人，想解除病痛的人
是永远也无法找到这滴泪的

电脑里敲击出一个月的药丸
中成药、西药，国产药、进口药
似乎这是给我们的一粒粒的宽慰剂
母亲，你说过只有在家中
我们才能拥有一个残缺的完美世界

2014-10-8

大地的挽歌

铁塔已经深入血管里
仿佛是铆在病人身上的一颗颗螺丝钉
漫天的绳索似乎为大地滴入最后一剂药
疼痛显得多余，村庄依然没有编织一缕缕的炊烟

大片黑土地像大块的墨水一样
在为大地书写最后的悼词
天空是一块悬挂着的挽联

叶赛宁的故乡还未找到
胜利和失败只是一念之间
每个人的心灵必有一座坟墓
我们是这掘坟者也是那安睡者

2015-9-14

自画像

从泥土里出来
劳作是一个省略号，红领巾蒙上眼
流行歌、港剧、顽童
撮合一切掌纹的秘密
旧日的海上，收集着一张张的纸条
哦！来信了，来信了
水乡的浪花一次次推开褶皱的身躯
云层里的阳光开始弹奏七彩的音符
那雷电因此有了语言的故乡
此刻，为什么我的眼泪夺眶而出？

2014-11-12

在黑暗中阅读

——致未出世的他

在黑暗中阅读
读波兰。读奥斯威辛。读扎加耶夫斯基
沉重的枷锁撞击着坚固的铝合金门窗
唯有新生才是永恒

在黑暗中阅读
遇见光明的额头，以及深不可测的黑
在胎盘里印着我重生的胎记
试着赞美，赞美新的生命
赞美这不苟延残喘活生生的世界

在黑暗中阅读
夜垂怜于她，而沉重留于我

在玫瑰色指状的曙光里
我给他取的名字叫余地

2014-11-17

在安顶山

丘陵上一畦一畦的茶树
拉紧着一条刚毅明晰的棱线

然而底部，一切鲜明的根须
探寻着来自土地芳香的秘密

盘山公路上，拎篮上行的采茶女
似一片片茶叶在云雾中穿行

每一位将手臂伸到箩筐
美丽的手指像成群的蜜蜂

芳香融入芳香之中，这些劳动者
采收花中最精纯的麦粒

此时，收获天使为人类
全然张开美丽的翅膀

生活在安顶山，云雾四散般
等待日暮黄昏的降临

2016-4-4

隧道

为赴一场约，必定要穿过虎山的隧道
虎山，如果远观，确是形似一只趴着
歇息的老虎
凶猛的老虎看管着我们的同学情谊，我
必须小心地穿过一条隧道
车子在隧道里行驶着，顶部灯光打在
身上，如一条时光隧道，把我领入青葱岁月
那些岁月，俨然不能做倒车的驾驶动作
隧道，在山脚从东西贯穿，如一条毛毛虫
貌似庞大的物体，也会被弱小攻破
我们有时必须放慢脚步，回头望望那些
细小的、轻微的情感
陌生的车主，加速着在我身边疾驰而过
出隧道后，有红绿灯。刚才疾驰的车，也
被迫停下来

我温暖的黄色灯光，照射在他的后方

2024-2-10

回友人旧居

——为可红兄而作

午后，密集的光线把我们
引到友人可红的故乡
破旧的屋檐下。静坐的老人
吸着尼古丁制造的时光
时而起立。添柴。铲几下铁锅里冒着热气的乡愁
旧居木门上别着现代的金属锁具
透过门缝仿佛可以窥见一个遥远的
童年，以及陌生的村庄

两只鸽子停留在红色琉璃瓦上
似乎它们不介意我们的闯入，用亲昵
的嘴唇活一场 21 世纪的爱情
不远处坍塌的别人的旧屋，早已
人去楼空。雕花眠床。樟木箱子

打开橱门的碗橱。凌乱的灶台
还有一瓶只剩半截儿色拉油的油壶

那村庄中心的一方池塘
一棵绣线菊，低垂的白花
仿佛在垂钓着一个子虚乌有的故乡

2016-4-23

临江书房里的随想

这是一间靠近一条江的书房
隔着窗户玻璃望去，下面有一条江
确切地说是一条浦，输送城市血液的浦
天空已经变成海洋，白云在游动
窗外的蝉鸣一阵一阵的，似在啜饮着
酷暑里烦躁的汁水
今天，只有它们是被雨水洗涤过的

斗室很静。只听见空调里吹出吱吱的冷气声
我时而阅读时而敲击出不起眼儿的文字
我的诗大多数你没读过，甚至亲爱的它们也不知道我在干什么
是的，我希望雨水也来洗涤一下我的文字
不是像它们这样的洗，而是被一场大雨
痛痛快快地洗

2016-8-13

云上的日子

——嵊州覆卮山一日

白，白云的白，洁白的白
蓝，蓝天的蓝，蔚蓝的蓝
用词语邀请到一朵朵白云
再送给我来至云层里微弱的金光
孤松做伴。小木屋边一支支遥感天线
仿佛在接收着那未知的无名信号
时间的馈赠总是一次又一次
手机里端庄、神秘的微笑总是在扣动我
我为你保存着一只空瓶子
希望恒在，你说

我们在一室一厅的小木屋里
奔跑，游戏。互相拥抱
我们认识这些符号

无论是涂鸦还是字迹潦草
时而是乡愁，时而是温情
没有电光火石，没有沦陷的国土
甚至没有 Wi-Fi
唯有汉语唯有病句

2016-11-20

白鹭

一条河水早已快被放干，只剩

可怜的一支细流

露出水面的碎石探寻着这个世界

仅有的景致

承载城市污秽的溪流

显露出它本该有的颜色

天空灰蒙蒙的，碎石上灰中泛白

像撒下的盐粒，但很少很少

一只白鹭，沿水面滑翔

仿佛在巡视着什么

驻足，时而又回头张望一下

水面一片寂静，浑浊

它低下了头，注视水中的倒影

宝剑与梅花

　　忽然，它趔趄后退了一步
　　然后，扑打着翅膀飞走了

2016-11-4

周六的一个下午

在你们飞向我们之前，我们的联系都在手机微信上
你们的到来更像一场在伊甸园里的欢聚
周六下午一场"富春江——冬天已往"的谈论
在一间叫"富春小院"宽敞的包厢里举行

茶杯上白色的热气在上升，像上帝吹进泥人
鼻孔里的气
此举让尘土有了鲜活的灵，有了泪
我们围坐在一起，以弟兄姊妹相称
赞美的舌头吐出光的卷舌音

墙上一幅叮咚的山泉水图，此刻
我似乎品尝到永生的味道
可我的恶尚未除尽，而窗外光早已到来
透明的玻璃杯中酸奶更白了

走时，回眸门上"天钟^①听音"

2016-12-7

注：①天钟：天钟山位于富阳区南七公里处的富春江畔，因其山形遥观如钟，得名天钟山。是一个集峡谷风景、佛教文化、森林公园于一体的山水景观风景区，素有"小天竺"之称。

丙申年岁末的一场诗会

高楼被雾霾按进混黄色的水中
京杭大运河静静地流淌，往昔的繁华
早已不在
岸边锈迹斑斑的塔吊，似乎它再也不能转动
再也无法亮出自己的肌肉
一旁搬运工的雕像，正吃力地背负着时代沉重的箱子

壮观的拱宸桥一块块缄默的石头，像极了这个时代
拱宸书院里正举行一场迎新的诗会
问候，总结，祝福，似乎预示着新年新的诗篇
诗会当然也少不了软语的朗诵，词语变得温婉可人
倒立的福字。正立的福字。写福字的人
写上福字的红纸，怎么也写不下生存二字

我旧年的咳嗽终于在新年终结了

我是应该庆贺呢？还是该隐忧呢？

2017-1-26

宝剑与梅花

坐钢索缆车，固然可以一览山峦
甚至水面上的一千多个岛屿
若是徒步上山，沿途只能望见人的背影
又或者听松针尖利的低语

未曾出鞘的宝剑，固然可以当艺术品
甚至拔剑相问也只是游戏而已
想起身边的人，曾经见过的忧伤的湖水
西山已经开满梅花了

2017-2-8

在田野上

金色的田野，神秘的春天
光唯一的伊甸园
不停地开花，默默地战栗
战栗于开花的清风中，绿色深渊的风

数不清的金色铠甲，蓝天的花蕊
风送给调皮的孩子一个拥抱
在太阳下，送来油菜香的日子里
呼吸着油菜花的气息，挣脱花瓣的缠绕

远离油菜地的地方，岸边有几艘小舢板
推开双桨似乎可以为灵魂连接另一个彼岸
和着童心坐落在那杂草和细沙的家里

因为我想从昨夜的冥思中获取天上的雷电

现在已被沉入油菜地的大地深处
带着一种黄金一般贵重的语言而成为信使

2017-3-30

黄公望纪念馆边的湖

葱绿的森林，为梦笼罩
一只水晶杯再度向我闪烁
白鹤衔来卷轴里墨水的芬芳
和着山水的意境。透过树木的搏斗和蛙的鸣叫
昆虫也在吮吸植物的汁液
大自然终究耽误不起盛夏的来临
你侧卧一地，枕着一城山水
始终没有开怀一笑
美学的触角不仅仅是这样长

我推开木门，艰难地挤到你跟前
但奇怪的是，周围多么安静和肃穆
在黄昏静谧的火焰中，湖
平躺在密林深处，安静地闪烁
墨绿的湖水像一只无底的大杯

闪闪发光，正在独立地思考
一群麻鸭正踱着方步，摇摇摆摆
又显得十分笨拙
向精灵泉，向自己的饮水盆
弯下身去畅饮这生命之水

2017-5-9

松兰山

来吧！不要一个人孤行在嫉妒的小路上
向金色的沙滩阔步兼程
人只有看见大海才能强大、宽广和善良
与海为邻才算完整，任何江南的湖都有不足

大海擅自把你变成他们的继承人
松兰山把最值得骄傲的东西扔进大海
它的名字往往使高贵的吟诵
像波浪一般，从胸口向眼前奔涌

来吧！岩石上吹过一阵大风
来吧！自由的海水散在空气中
成功地抖落被禁锢的嘴唇

让心灵之风刮吧！吹过你的琴弦

你的名像雨滴一样飘个不停

又像是松兰一样，在心中莫名绽放

2020-1-7

海边一日

多好的一日，踏浪、游泳
错过的时间总是在对的时间里相遇
这一棵松树，这一栋房子，紧贴
山的峰尖，与它融合在一起

这里，山是指挥，而大海是共振器
有节奏的波浪音乐会，在前方清晰可辨
这里，触及礁石的音响划过长空
而回声就在石岩中间舞蹈与歌唱

声学在音乐厅的四周安放了回音壁
使拍击海岸的浪花声贴近耳朵
傍晚时分，余晖印染海面
时间在这里放慢了脚步，松和兰相爱了

2020-1-7

榗母

第四纪地质坍塌遗迹。这棵榗母
骨节粗大，在她繁复的分枝中
也没有什么辉煌。她的衣衫
端庄迷人，发出低沉的窸窣
可她依然努力拆解
死命缠绕的分枝，这古老的诗意
或者乱石堆中竖立起心形的雕塑
又或者雕塑上向上生长的血管
在本是同根生的榗子上
父与子相驳斥，相煎又无妨
词是他们唯一的敌意
黑夜吞噬榗树细密叶子的间隙
而我们应该明白，这是一个徽记

大自然传递给我们的信息

她即将进入年轮的另一个时间

2017-12-14

马铃薯在液体中的沉浮

沉一下，沉得更深一点
让春风吹开苦涩的花朵
搁置在地平线一般的玻璃烧瓶中
把我的罪与恶，以及包括身上的灰尘
蒙在眼睛上的布，洗去，揭去
而盐，再一次让我拥有了金属的质地
可以接收天上雷电的信号
上浮是如此的吃力，需要一勺又一勺加盐
选择悬浮是远远不够的，我要的
是比浸润身体更重要的部分
终于露头了，可以自由地呼吸
闪耀着光明的额头
还不形成，那就重建一次
有必要让我再沉一次

2018-3-30

微醺的琥珀色：宋舍流香

从南宋快递来的酒，带着
香醇的情感。启开密闭的嘴唇
可以言说，可以发问。词语在空气中散开

味蕾腾空而起，似敦煌飞天
琥珀色和宣纸达成某种默契
如宋画、宋词，成为一种弥久的芳香
何况，青瓷的瓶口还插着一枝蜡梅

你可以像宋人一样生活
或插花，或品酒，或吟诗，都为虚妄
冬日的雪水暗含在琥珀色中
它连接着时间和空间的驿站

佳酿必定经过技师的反复推演而形成

酒药、曲麦、酒母、开耙、发酵
如一种信仰

2018－5－22

雨中的风来岭

从上山开始，雨就听从风的召唤
风雨无阻，风雨同舟。风雨如同两位故人
这里除了甜蜜的空气，飘香的果树
和朴实的木屋，还有浅灰色
的天空，石灰岩诚实的光芒

山庄因故人的到来而变得可爱
绿茵茵的草地，地平线的绚丽
在山下安静地躺着湖水的美梦

透过雨的帘子，可以看见山和山的兄弟
如今，站在这里朗诵
平静。忘情。细致地读
读一首看来不像诗的诗

而脚下，是用灯光染红的溶洞
天穹上倒垂的钟乳石，挂着
一串串凝住的泪，潮湿的水
一滴一滴，慢慢落在我的脚背

2018-6-5

大美桐庐（组诗）

石舍：故乡之美

这个古村里遍地都是石头
在秋天里，我走着走着
仿佛就回到了石器时代
古朴里有绿的沉寂
随后，我沿着一道黄泥的长墙
这是个花园，有高大的树
也闻到旧时故乡的气息
在这些高树与石头间

离开多久也能闻见
隔得多远也能辨认出
那是牛圈里发了酵的粪肥的气息
那是咸菜缸里疙瘩出卤的气息

那是灶膛里燃烧艾蒿荆条的气息
那是石磨里挤出老豆腐的气息
土地的气息，芦草的气息
农业的气息，母亲的气息
就是我故乡的气息啊！

瑶琳仙境：凝固之美

我很喜欢这个洞穴，灯光
染红了浓度，一丁点儿声响
都会反弹回来，穿过
一个个门廊，变成巨叹

圆拱上倒垂的钟乳石
挂着一串串凝住的幸福
潮湿的水，一滴一滴
慢慢落在我的脚背

我想起了幸福的生活
甜蜜的爱情在那儿沉睡
所有的眼泪都已经凝结
什么东西总在那儿激动地流泪

溶洞在时间里凝固成一座城
地上地下，成就一种对称之美

桐君山：大爱之美

在写满各种中药名称的药箱上
我寻找你的名字。桐树是你的前称
相对于人性的深渊，你选择用仁心
来救赎自己。于是，你在深山里寻找
自己的救世良方。大爱与山对峙

追溯上古，逆向四千年
长久积郁的沉疴，在你的一方中药
面前消失殆尽。从此，容颜焕发
可是，你和我还只是第一次相见
你用大爱告诉我：比起恨，爱才有力量

苍翠的桐君山，青翠的竹林
把传统美学经典颠覆一下
用国画的手法，配以油画的色彩
密林里总会催生出新的嫩芽来
一幅后现代的绘画，总会得到恒久的称赞

2018-6-26

船行舞阳河

穿过山间幽静的小道
登上观光船，万千山峰摆动各种姿势
瀑布像一件秀美的花裙
而它的下面是一块块口渴的岩石
张开大口，正畅饮着
山风撩起你的秀发，长发飘飘的一天

姜太公一再沉默，正如鱼
从未开始张嘴说话一样
唯有心中装有美的人
才能得到美人一般的江山
他在等一个人，一个叫美人的人

船艋快速离开平静的湖面
一条条波纹推送着古老的风景

浪花可以堆砌起盛夏的喀斯特
孔雀开屏。破镜重圆。珍珠落玉盘。年轻男女的
欢笑声，打破了这空谷的静谧

2018-7-10

庐山，与古意相逢

驻足观望，望穿一种石头的轮廓
它分明来自更高处
更高处还有更大的巨石

道路狭小，游客下山上行偶有摩擦
石头相碰，互为挤压
唯有泉水以一己之柔相待

石缝里传来不知名的虫鸟的一个口哨儿
仿佛是一种归隐的宣告
在山水中看到自己的模糊侧影

三叠泉的瀑布一直在倾泻
仿佛是一双语言自然流泻的嘴唇
多了一种银河下山的气势，缺少叩击岩石的声音

回家路上，在相册里翻晒一种古意
而词语让我有了一种渴意
接受这来自唐朝馈赠的诗眼

2018-10-29

安顶问茶

要用多少雾，才能催生出碧绿的
芽来。迷蒙的雾，缠绕的雾
从上山开始，一畦一畦的茶树不断
地闪现。在你视线的左边、右边
头顶上边、脚下边。请用绿色的眼睛审阅
这支春天里的庞大军队

山顶处，更多冒着绿色气息的风景
几枚嫩绿的芽在玻璃杯中挺直躯体
向屈指可数的质朴致敬
清新的香气，夹杂着劳作的背影
汤汁呈现出大地的颜色。土地的
馈赠，让我们削尖的舌头发出
咂吧咂吧的赞叹声

远离城市的喧嚣，远离灰尘的覆盖
此处必然有极品，这里只有雾和茶树
好的茶，必定出现在更高处

2024-4-8

致儿子子建

——写在冬至日前

天真，这个词写在九岁的你
的脸上
一只耳朵更可以倾听到
很远处，我的脚步声
你总是挑三拣四，吃饭又不喜欢
总把蔬菜挑出来
要知道它们聚积了太阳的能量
现在你十岁了，感恩节后
冬至日前
你在作业本上写下了一段话：
感谢父亲，在我小时候走路时
无数次的跌倒，又无数次搀扶起我来
感谢你无数次的叮嘱，把知识的重点强调
让我拥有了自信的力量

感恩节、冬至日
你终于拥有了一双感恩的嘴唇
你终于获得了一种自信的力量

2018-12-4

雨，跑步机

连续的雨，阴冷的雨，下着
把我囚禁在家，在几平方米的健身房内
齿轮绞动橡胶履带
穿着睡衣，负重前行
小儿欢快地在室外奔跑、追逐
我大声呵斥他们，像一口洪钟一样
可这呵斥声，早已被雨水浇灭
跑步机的橡胶履带一直这样地转动着
像一口古老的时钟，可以听到齿与齿吻合绞动着
雨，多年来未曾下的雨
在这春寒料峭的日子，全下了
汗珠儿从额头冒出，越来越多
甚至模糊了我的眼镜

2019-2-25

桃花潭记

多少年后，我们会以这种方式到来
一场大雨欢迎着我们
桃花潭挑起的万家酒家，早已
不复存在，唯有小贩和衰弱的桃花

多少年了，岸边这只分别的船只
早已经被搁浅，被废弃
替代它的是沉默的石马
石马没有电，可它依然向前奔跑

你已经厌倦这种浪漫的飞驰
需要跨下马鞍，需要俯身去倾听
倾听仲春时节野草的呐喊

如今，庙堂无法安放你的身躯

墙上的《诗刊》代替你的吟诵
一只木头雕刻的牛，撅起屁股顶向它

2018-4-12

春天，遭遇一场狂风

春天宁静的傍晚，被这狂风打破
或许，这是寒冬对初春的反对
闪电由于痛苦而颤抖，飞驰过城市的上空
乌云的影子掉下来，消融，与青草化成一片

对岸桃红柳绿，我爱这欣悦之幽暗
一阵疾风骤雨就让它面目全非
暴雨送来一场大水，河水漫过堤岸
冲洗岸上一切腐朽、肮脏的东西

青草吐露的人之絮语，黑掌心里语言的暖意
爱这思想的闪电，远方最初的惊雷
缓慢地显现——母语中那些最初的词

而在水的上空，在开阔的城市公园上空

鸟群神色惊讶，在奇诡的闪光中望着自己的影子
与惊雷嬉戏，一个词在一片白云中翻滚

2018-3-6

七月，听到多种鸟鸣

日子到了七月，太阳高度最高
人生过半，浑身缺陷
是被一次一次推向岸边，反复地摩擦
当海水退下之后，分离出来的沙与沫
召唤万物的太阳，火一样的灼热
需要大块的冰块降温，铸入一种模具

窗外一只据称叫"机关枪"的鸟
不停地发出"笃，笃，笃"的声音
仿佛它在不停地叩问自己
微信朋友圈里也有邻居拍下来
只有漆黑的黑夜，没有鸟
更有另一种鸟发出清脆、悦耳的声音
人们已经习惯于后者

更多的鸟偶尔会发出自己的声音
但有些声音不能带走赋予它翅翼的唇舌
它必须独自寻找苍穹

我何时能平静地睡下，不觉哀伤？
觉醒，只是我更深的梦境

2019-7-8

在杜甫草堂避雨

去杜甫草堂的路上，雨越下越大
昨天还是多云的天气
正如你的人生阴晴不定

清癯的脸上刻满了盛唐末世的沧桑
一心想要进庙堂，可阴冷的雨矢
总让你背上凉了又凉
草堂可以被后人一而再，再而三地
复原，就像复制艺术品一样
可墙上的划痕，柴灶间的摆设
分明让我看出，这不是你的烟火味儿

只有门前的一口枯井，保存着一种
对古老的敬意
井口上盖了一个厚厚的水泥墩

边上提示："井深，小心！"
游人不屑于看一眼你
只有在这枯井里，我们才能找到
诗的泉眼
那地下一定暗藏着，甘美、清澈的
永恒之水

草堂里树木苍翠，一株株挺拔的
竹子，像吃了激素一样，甚至高过于树木
我疑惑于这是熊猫的故乡还是诗歌的圣地
只是你死后，留下的一千五百多首诗歌
它们将超过庙堂里笏板上的文字

2019-8-1

双十一

时间到这个节点了
你说"1"，从 1 开始可以复制出这么多
该买吗？似乎欲望被囚禁在天上的花园里
拉动内需吗？我没有这么大的能量

我更关心像 1 这样的光棍
一个跟另一个可以创造出更多个
一个爱上另一个可以有更多爱
最初，我们都是从 1 开始

2019-11-11

初冬，满陇桂雨公园遇雨

肃穆的天气，来到这里
满陇路旁枯死的败叶
美，被迫于时间的捶打
拷问一再地逼迫你的嗅觉神经
可以不听，神游于世外

一夜之后，秋天已然过去
凋零的黄叶，一层一层堆积起来
可以沉睡一下，躲避严寒的干扰
向死而生，指针倒转，进入倒计时
腐烂。发酵。分解。再倒
过来，来一次

阴雨在这一刻，加速发酵

初始的嫩芽，还未成形
胚胎等待着一场受精仪式

2019-12-2

婚姻

我不知怎么和你走在一起
无名的月季和不曾开放的玫瑰。出身让
我们阴差阳错，放在手上不小心一摔
竟然会在一起，而且我俩如此相像

与你相爱之前，我只知玫瑰的花香，而
爱应该是未曾采撷的野草莓
如果把这捣碎，也许还能温润你的
脸颊。含羞草也低下了头

或者，我们习惯于日常的平庸
花香远去，伊人渐逝。在柴、米、油、盐
里分辨自己的味道。如今，这里果实
也已成形——等待再次开放

2019-12-5

婚礼

终于走到了这一步
两个不同方向的人，因此
有了相向的舞步
玫瑰花瓣铺陈的道路，散发着一阵阵的馨香
洁白的婚纱，一抬手翻动的愉悦，脸上
驻着天使的容颜
追光灯，指引着

手挽着手，多像儿时的甜蜜
爱，让我们谦卑
今晚，你是天使的化身
那星辰也为之暗淡

经说，爱是恒久忍耐
当然，荆棘和花冠，还有寻常鸟的争鸣

会伴随。爱是我们最初渴望恢复的姓氏
但愿，在日常的琐碎里
找到盐的香醇

2019-12-5

蝙蝠

从蝙蝠中分离出病毒，寻找新的宿主
从一颗心中分离出良心和悔改
病毒从来就是寄居于人的头脑里
我不想把霾说成雾
加缪的《鼠疫》还是被搁置着，仅仅是
我们还是孩子？一再的调皮与顽固着？
写下的福字，可以变异为另一种蝠

此刻，该有的庆祝都应化成警醒
此刻，该有的歌声都应化成怜悯和默哀
那迟来的悔改还是悔改吗？

2022-11-21

一场迟迟未下的雪

己亥暮交庚子年初，猪去鼠来
多像一种预言，中间寄主轮替
蒙冤者必然穿越古代的六月雪
天气预报里说，今晚有雪
他们争论着，到底下雪好一点儿，还是
天晴更能化解一场危机
僵化的根须，需要一场彻底的翻新
耕牛代替机械，犁铧代替涡轮机转动
用古代的雪代替人工的雪
可雪，还是迟迟未下
产房里洁白的被褥下，新生婴儿的啼哭声
穿透雪白的墙壁，回荡在空荡茫然的过道上

2020-2-16

不可复制的四月

再次搬出四月
搬出骨头和玻璃，搬出不可复制的春天
窗外的雨正下着，笔记本上敲击键盘的手指
字母 A、B、C 一次又一次地被复制和洗白

绿，再一次被摆上了春的餐桌
但这一次，我已经没有了欣赏的胃口
代替它的是惊怵、失眠，和一次次的怀疑
惊动那冬眠的蛇，吃进比谎言更大的苦果

抬头望天，天空一贫如洗
报春的鸟儿早已飞过
要用足够多的，春的词汇填满这
空荡荡、浅灰色的天空

2020-6-5

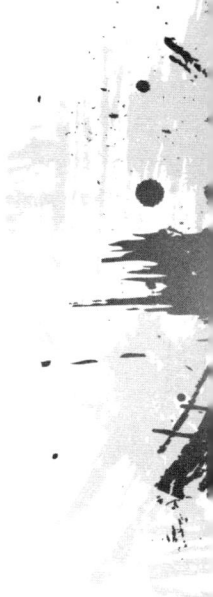

孤灯

梅雨季，事物开始发霉。他们不能经受
这潮湿、霉烂的季节，随之躲进尘埃里
发霉的同时，孕育着一场变迁
而更大的灾难，也将随之而来
孤灯，挺立着。浑黄的江水逐渐漫上来
转瞬间，周遭已一片汪洋
点燃。发光。江水戏谑着
更大的黑暗来自底部，那更深的人性旋涡
谁能说自己不制造黑呢？
荆棘之上仰望的人，必然要擎起这火光
将这，江水的清，耻辱的黑，各归其道
江边吹来的风仿佛在运送着思想
雨在不停地浸涤尘埃的耻
一切都在发生，一切都有定论

2020-7-14

车过中埠大桥

—— 与殷龙龙去富阳龙门的路上

挽扶起你上车，就像抱着三岁的小孩儿
我载着你，就像载着一段奇迹
北京鼓楼市井里蹦出来的诗歌怪胎
去年的一场病，致使你快失声了
但这并不能抹去你脸上光明的微笑

我开着车，载你去一个叫龙门的地方
你写过龙诗，你的名字里有龙
应该是过江的猛龙，可却平静如水
车过中埠大桥，我分明看见你手上的指环
安静地抚摸过你的创痛，十字一闪

记得，若干年前我买过你的《单门我含着蜜》
安静的尖顶。安静的桥。安静的富春江。安静

的过往船只。自由的诗歌

正如，鸟儿可以不用桥就能轻松到达龙门一般

2019-6-20

一袋桃子

你带着一袋桃子从小镇的最西边而来
白桃、黄桃、水蜜桃
多像一枚枚镶嵌在胸前的胸章

一袋桃子的重量真的有些重
桃子在袋子里相互了解，生活的重量往下坠
眼睛里闪烁的光芒，一个个点燃

挑一个饱满多汁的在手里，轻轻地咬上一口
各种苦涩被蒙上了甜蜜
我小心翼翼地收藏起多汁的泪水

2020-8-13

终于赞美过秋天

一醒来，就碰到了秋天
推开隐喻的窗，看秋天的一朵云
一切精致的美都被我翻阅过

线条柔美，勾勒远山
薄雾缠绕，裙袂飘飘
透视的眼睛架起云端的视角

终于赞美过秋天
它让我想起但丁的冰山
富春江里波涛滚滚的词语

面孔一再被雕塑，辽阔的不只是稻穗
拾起地上一株谦卑的草
这些冰与火，深夜温暖过我

2020-9-28

农历新年

无非就是这样，把旧衣换成新衣
把旧桃换成新符，咽下一口生存的苦水
墙上的钟表蒙尘，指针回转着
在一种新型洗涤剂中反复擦拭
新与旧，时间转换
更迭出岁月的白霜

酒杯摇晃，醒出身体里最后的海水
一杯经年的酒瓶，倒出寡味的日常
绚丽的烟花，给黑夜绣上一朵胸花
孩子们欢笑着，无邪是人性之花
茶几上诱人的樱桃，果皮似乎欲裂
流出甘甜的汁水来
说一句：新年快乐！

2021-2-11

大风·江南

不得不说二月春风拂面
闪电劈开亘古的冻土
翻新，播种，痴迷于一种创造
而大地因这只手的温度，开始
有别于一种节节高攀的姿态

到了五月，纸扇就更青春靓丽
跳起江南的华尔兹，它似有一种
魔力，一褶一褶跃过山水的烟霞
不过是，越剧里的再一次相送

七八月，有骏马的夜晚
钱江两岸流光溢彩，霓虹做衫
踏着江水直奔蔚蓝色的东海

十月，《收获》的编辑部终于回信了
大风起兮云飞扬，一池鱼正在编诗
脱胎换骨诠新语

2021-2-28

送信的人走了

——纪念诗人扎加耶夫斯基

那次南方的国际诗歌节，你
给我们带来了一封亲手写给世界的信
信里否定山水，否定意境，否定自我
更是一种对伪的辨认
一个生于奥斯威辛集中营的婴儿，带着
半张光明的脸，写下另一半
与黑暗中用坚毅目光对视的深渊

电冰箱上，是人们誊写的《尝试赞美这
残缺的世界》，如一部《安慰书》，熨合
一颗又一颗破碎的心
国际诗歌日的晚上，我
正在读奥登的一首《葬礼的蓝调》
仿佛这死亡也会因诗歌而变得心有灵犀

宝剑与梅花

给我们送信的人走了
"这里虽有痛苦，但平静总能不断地降临。
这里有鄙视，但博爱的钟声迟早总会敲响。
这里也有绝望，但慰藉的到来同样势不可挡。"①

你走的翌日凌晨，我像个拖欠作业的
孩子，趴在床上品尝隐藏绝望的欢乐
并要你送给绝望一封欢乐的信

2021-3-23

注：①引自［美］苏珊·桑塔格语。

渔梁坝

沿练江边的小路而上
一路上我们谈论近况，相互鼓励着
甚至谈论李白及他访许宣平的诗
练江平坦开阔，仿佛一位安静的听众
据说，在水畔一不小心就
跳上一条野生的鳜鱼
激起的波纹一圈又一圈，仿佛
是人性里无止境的旋涡
岸边杂草叶的针尖和芒刺都消融

想起自己已经几个月没写诗了
一站在坝上，就被巨石所震撼
几十吨重的页岩，青灰色的
它们错落排列着
看似一块块没有互文关系的石头

被一块块雕凿成锁扣形状而紧固着
如一个一个产生黏连关系的词
江面平静，两岸绿植繁茂
过渔梁坝后，水流直泄，气势恢宏
低处，乱石垒滩

我终究没有见到野生的鳜鱼
给小儿带了一盏鱼灯
一盏黑夜里发光的灯

2024-11-25

小隐山，无法确定的地址

秋日，晨曦播种着温和的光
人们在薄雾中穿行
他们的面孔熟悉又陌生
隔着薄雾变得模糊
小垄桥头，小隐书屋
安静地坐落着
我无数次地从不远处下车
走在达夫路上，这条
应该充满桂花香味儿的道路
今年诡异的天气，直到最近
迟桂花才散发它独有的幽香
小隐山，一个不确定的地址
富有诗意的地名
至今，我也无法判定小隐山
到底是亚林所还是小垄桥对面的山坡？

抑或是小花坞？
正如自己，教书匠？写诗的？
我无数次地追问自己，哪个
更贴近生命的本质？
地址、身份、生命的意义。至今
我也无法确定
只有，窗口传来了迟桂花的香味儿依旧

2021-10-26

覆卮，却无法复制

——与友人游覆卮山

冰川纪的石块滚落下来
世外桃源又如何？
滑草场上，双手永远也无法抓住最后一根稻草

那打开胸腔的湖
盛满虚无的，被东风压垮的樱桃树
仿佛都在尖叫这场盛宴
掏空的杯盏，福杯满溢

仅仅这场暮春的阳光
就足可以扶起被压弯的樱桃树
不是吗？东风可以压垮的
必定要用北风来扶直

2016-4-21

夜游新登古城

趁黑夜吞没之前到达新城
穿行在弄堂里，行人寥寥
知了应答着老街的改造
城墙已经竖起，颓毁有时，建造有时
暑热的天气，连空气也中暑一样
莫不是这一路贩卖的冰品的诱惑
才让你有了向前一步的勇气
一路上，罗隐的诗偶尔出现
或路边，或墙上有力的书法，还突然
投影在你的脚下，有晚唐落寞的愁伤
我们总是借着怀旧，寻找遗失的、古典的美
古城楼被重新修建，青砖、墙垛
飞橼、横梁、角楼，这是罗隐的故里
是徐玉兰的故乡，千年后的灰烬只能找到这些

2022-7-23

三条金鱼

三条金鱼，两条金黄的锦鲫
一条白色狮头金鱼，仿佛托举着
红色的灯笼，照亮狭小的鱼缸

三条金鱼，小儿自去年年底
从劳动路的市场亲手挑来
就成了久居我家的三位友人

白色的狮头金鱼，刚开始还断了
尾鳍，似乎在追逐、争抢鱼食中断的
不久又长出了新的尾鳍，像一种
对自我的认识和修复

他们在这逼仄的空间，完成
一天的所有的觅食、呼吸、运动、思考

度过冬和春，乃至酷热的夏天
它们终将完成自己的一生使命

2022-7-25

沃尔科特的白鹭

这个夏天我重新观赏起这只白鹭来
时断时续地阅读沃尔科特的诗
一种跟我的血液和气质十分吻合的物种
像某天早晨路上看到的一幕
一只松鼠跳跃着，从高悬在路面上空
的电线上倏忽而过
如一道出轨的电流一样，连接南极和北极
正极和负极
我有必要停下来欣喜地观察这一瞬

2022-7-28

亚运·萧山采风（三首）

仿回乡偶书

顶着晌午 40℃的烈日，来到知章村
如繁盛的盛唐文明，为见一诗友
把酒相谈，甚欢。无钱付酒钱
拿出随身的金龟相抵的贺知章

路口，盖着一块旧木的井
两三村民，漠视着我们的到来
隐喻的泉水，少之又少
珍藏在井的底部
古桥一直都在，千年的石板
叠成的小桥，如贺知章回乡时
带来的一册又一册的书

知章故居遗址空荡荡的，需要
一首首唐诗才能填满它
古时埭上，"十里埭上黄，旗杆多如讨饭棒"
村口"甲科济美"的牌坊褒奖着故里

马传兴的野心

说起野心，我也有过
毕业后，勤奋写作，发表豆腐块
就为了能找一份体面的工作
这是我最初的野心
找到稳定的工作，继续我的野心
由豆腐块，转向文学期刊
从区级到市级再到省级，可是
写出一些好诗太难了，孤独有过、沮丧也有过
甚至暂时的停顿也有过，野心慢慢变淡了
马传兴的野心传，足以鞭策我
默默无闻的坚持，创立了杭申集团
数十年如一日，野心就是持续、绵延
野心如路边的野草，春风吹又生

七彩未来社区

梦有七种颜色，涵盖创业、教育、服务
治理、邻里、交通和健康
组成七色光，阳光的颜色

若你是一个懂生活的人
闲时,驱车直入七彩未来社区影院
按下三个小时的暂停键,足以
雕刻时光

公交 TOD(公交优先发展模式),调校精准的出行时间
避免人群的拥堵,家门口的公交站
让服务更具有温度,不必惧怕风、雪
雨和烈日的眷顾

未来就是运用数字化,让服务多彩
生活出彩、共同富裕更精彩
编织一个一路阳光的未来

2022-8-23

豆腐西施

在饕餮的美食中，黄豆
可以变换成千万姿态，豆腐是廉价的

白，可以让普通变得惊艳
惊艳到摄人心魄，心神不定

一切的美，最初来源于普通制造的富丽
一个是为了洗白自己，一个是肤如凝脂

注定是为凝固，幻化为耳垂的玛瑙
招摇于闹市，成为伸手可及的海市蜃楼

挑起幌子称曰：小葱拌豆腐
纤细的手指掂着贞洁的牌

2022-10-18

父亲

写下"父亲"两个字时，我的
眼泪就忍不住流下来
我一直没有为自己的父亲
写下一首诗，当我们
回到家，父亲总是像一封回信，永远
在回家的路上
父亲忙碌了一辈子，头发由黑变白，又稀
疏起来，苍老和沧桑似乎刻进每一寸肌肤
依稀记得小时候，我不小心点燃了祖母
坟边的枯草，这比人矮一截儿的枯草，仿佛是
堂吉诃德手中的长矛，火苗一溜烟地往上蹿
刺向物质匮乏又贫苦的风车。父亲对
我大声吼着，如密集豆大的雨点打在
脸上，并奋不顾身地拍打着，火光中映照着
一张恐怖又焦灼的农民的脸

责骂、怒吼，甚至是讽刺，是父亲后来
日子常有的事情
就算我第一次拿着发表在报纸上的文字给
他看，他也没有丝毫的笑意
我知道，我曾经学习上的不努力，高中
时，为了让我上好一点儿的学校，让你花掉
了踩了一年的人力车所得的积蓄
长大后才明白，没有这次的改变，我还会
跟你一样的命运

2022-11-8

被雪软埋的车

一棵树下停放着三辆白色的汽车
三辆车在大地上静默地度过四季
只有土壤知道它们的苦难

秋天，大树开始落叶，狠狠地压在
引擎盖上，前挡风玻璃、车顶，还有
后备厢上，可汽车固执于原地
也没有人替它掸去隐蔽的尘土
和厚厚的落叶
听说，乌鲁木齐的雪下得特别早
无数的虫蚁在秋天已经躲入地下
既是自身的本能，也是顺应天气
雪，一层又一层地覆盖下来
一夜之间，大地全白了
在郑州，在乌鲁木齐

寒意早已穿过三辆车用铁器制成的冷峻

三辆白色的汽车，被这洁白的雪软埋了
又是一年冬天，这是第几个冬天了？

2022-11-13

三粒药丸

每天早晨，我会服下三粒药丸
三粒形状不同，大小不一的药丸
那是我抵抗消极的药丸

我的体内流淌着遗传的密码
注定成为阿喀琉斯之踵一般
血液里的高与低，清与浊
如尘世的暗河，时刻警示着我
去寻找那最为贴切的平和与安静

也不知吃了多少时日，或许它是
寻找着那个真正的我，负罪的我
活一天，爱一天，恨一天，也悔过

但愿，见到那坠入黑夜的火球

翩若惊鸿，婉若游龙

2022-12-15

简单生活

旧年年底的倒数第二天
窗外阳光格外明媚，这简单的生活
晨起后，为孩子准备早餐
金灿灿的煎饺在一句句唐诗里咀嚼
每日一诵，看山水，悟意境
唯独不见唐朝的自我救赎
一壶九曲红梅，一本南美诗人的诗集
那个时常在孤独中寻找紫色骨头的人
黑色的鸟从远处衔来了
昨夜将欲滴落的晶莹的泪滴
这简单生活，请敲击我的心
直到它的玻璃开始哭泣
直到它的芒刺全部掉落

2023-1-20

春之序曲

树枝上拔芽的蜡梅

躲过冬的寒冷

冬与春的衔接如此完美，尽要

一树花，受过冬的洗礼

在春天迎接细雨的拷问

高清手机摄像机，可以

传递远处烟火的绚烂

多倍显微镜，可以

看清病毒、细胞的繁衍和吞噬

有些东西却无法看见

比如，人的灵魂如何摆渡

在坚冰与灼热之间，体验

冷峻和热情

在生存的高楼的棱角和噪音

之间，向自由者说自由

宝剑与梅花

在春天，我终于可以俯下身子
跟卑微的小草交谈，对卑微者说卑微

2023-1-22

地铁里看《地下室手记》①的人

地下十米，再往下十米
现代的巨马穿行于地下的铁轨上
带着你的梦从一个区进入另一个区

列车门打开，一排人早已就座
猛然间，见到陀氏的《地下室手记》
的阅读者
她是俄语文学的乌托邦崇拜者
还是中文系的学生？不得而知

在她拿书的左手边，是一对上了年纪
的老人，用空洞、迷茫的眼神注视着前方
如两尊凝视的雕塑，不曾开口说一句话
中间有一年轻的女子斜卧着
倚靠在老妇女的一方，她似乎正做着

新年的第一场梦
而她右手这边，一位白衣的中年妇女
却专注于智能手机的屏幕，我们的生活
变得如手机依赖症一般
手机、地铁、高速运转的机器，成了现代
社会必要的配置
这一排乘客定格在我的手机相机里，我
是一个偷拍者
构成现代社会的精神图谱，那个《怎么
办》一直困扰着我

正如《地下室手记》里，写道：我是一个
有病的人，一个凶狠的人，一个不受欢迎
的人

2023-1-23

注：①《地下室手记》：是陀思妥耶夫斯基的扛鼎之作。

月亮与雷峰塔

每次望着月亮的时候，想象
着月亮里的南宋，逃亡的环形山，水墨里
工笔画勾勒出殿堂的璀璨
而今，这个想法如登塔，伸手摘星辰
一般，几百年前的卷轴是否能再次徐徐打开？

镀金的塔身，在月亮下打着蛇形的胎记
沉寂在地宫里的佛陀像，预言
着《月亮与六便士》①
众相分离，这是月亮与雷峰塔的距离，找
到真像才是归宿
神话依旧编织着美好，皇帝依然对答如流

2021-11-16

注：①《月亮与六便士》：英国小说家毛姆的作品，以画家高
更为原型。

再访艾青小学

七年之后，一场仲春的细雨
仿佛是欢迎着朝圣者的到来。金师
附小抑或是艾青小学，就像人的
真名和乳名一样，篆刻在校门口的墙上
校园一隅，"保持善良，保持努力"
如佛家见面时的口语"善哉！"
我们心中的这个词，肯定不是扫地僧
心中的那个词
此"善良"亦有做教育的深度
和广度。善良的疆土定是广袤无边
一场针锋而对的课堂艺术在几十
平方米的教室对决
诗是江湖，人亦是江湖，我们坚守
的课堂也是江湖

高人总是这样谦卑，语出惊人，一招
一式都是一针见血

2023-4-1

一只闯进教室里的胡蜂

下午，一只小拇指大小的
胡蜂突然闯进教室
它打乱了原本的课堂节奏
和秩序
开始，它到处乱窜，我担心起来
学生们惊恐着，飞到
自己跟前迅疾闪躲
突然到访的闯入者
发出极低振翅的声音
像一种极不和谐的朗读
显然，它在寻找着自己的出口
不断地辨认周围，找寻着
家园的踪迹
有学生出于自我防护
意识，用手中的书拍打着

这时，我的心更担忧了
希望，有一扇窗为它打开

2023-5-24

夏日

不知名的鸟，发出的鸣叫
要早于夏日里爬升的太阳
尽管，太阳也是一年中最早升起时
光的箭矢，声音的利剑

凝结的露珠，是昨晚梦的眼泪
无色的眼泪催生草木的葳蕤
绿色，何其盛大
树干上的蝉，聒噪着。夜晚
路边的草丛里传递出夏虫的
低低的、沉重的叫声，如烈日
下农民工黑釉色的皮肤

午后的一场狂风携着暴雨
打乱了街市上的节奏，人们

如蚁，慌作一团

这又重、又深、又烦躁的夏日

2023-8-15

封神记

二十多年前，家里造了六层的房子
煤气灶旁边的瓷砖上贴着灶神的像
盛饭时，我总会看一眼，圆润的脸
身前堆满金灿灿的元宝和各色
宝石，底下的几个大胖小子
我总怀疑，这是不是母亲的期待和希望
而灶神的像，由开始清晰慢慢变得
油油的，被母亲一次次清理、擦拭
逐渐变得模糊起来
如羔羊一步步走在陡峭的山坡上
而旷野上的牧羊人，总是若隐若现
神有时会出现
在我困苦和迷茫时，那个安慰我的人

2023-9-18

路和门

距离单位还有一公里的地方
出现了岔路。一边是双向六车道
另一边，转个弯就是一条小道

阳光淡淡地斜射着，使人睁不开眼
车流运载着都市的焦虑
中间一堵矮墙，隔离着不同心境的人

转过弯，过桥，是一条狭窄的小路
走的人少，路很不平坦，甚至会来一个大坑
高大的枫杨树的枝叶遮挡住阳光

宽门和窄门，我每次都走窄门
因为，走的人少

2023-11-6

悬崖

7月22日大暑，阳光强烈
所有的事物都在蒸发
连影子也在蒸发一般，暑气到达极点

沿山阶而上，台阶被鞋底一次一次
地摩擦，像一次次的叩问自己的人生
不起眼儿的岩石散发独特的光泽

登顶后的悬崖出现，对面的岩壁如
通天的墙壁，绿植在岩石的缝隙处生长
而脚下却是数十丈的深渊，一道栏杆阻止了
心中的恐惧，那为数不多的哆嗦
在前方是像双手合十的山峰

向天空和白云朝圣着

人到中年，面对悬崖我怔住了

2024-7-22

天台国清寺长廊转角遇"鹅"字

"鹅"字可以一笔写下来
但残缺的美，需要七年时间写出来
"鹅"字上的一笔，像鹅尾巴上的毛
一羽一羽的
更像射出去的利箭
"鹅"的另一笔孤独的头颅，像清风里的文人
很奇怪，那个年代能够包容这两种事物
"鹅"可以有多种写法，左右结构
书法家创新为上下结构
诗也一样，但诗始终无法完成对一个"我"的救赎
越人的"鹅"，只能在隋朝的古寺里安放
而诗始终不能引渡到泉眼的故里

2024-7-24